詩集

# 雨はランダムに降る

*Fukuma Meiko*

福間明子

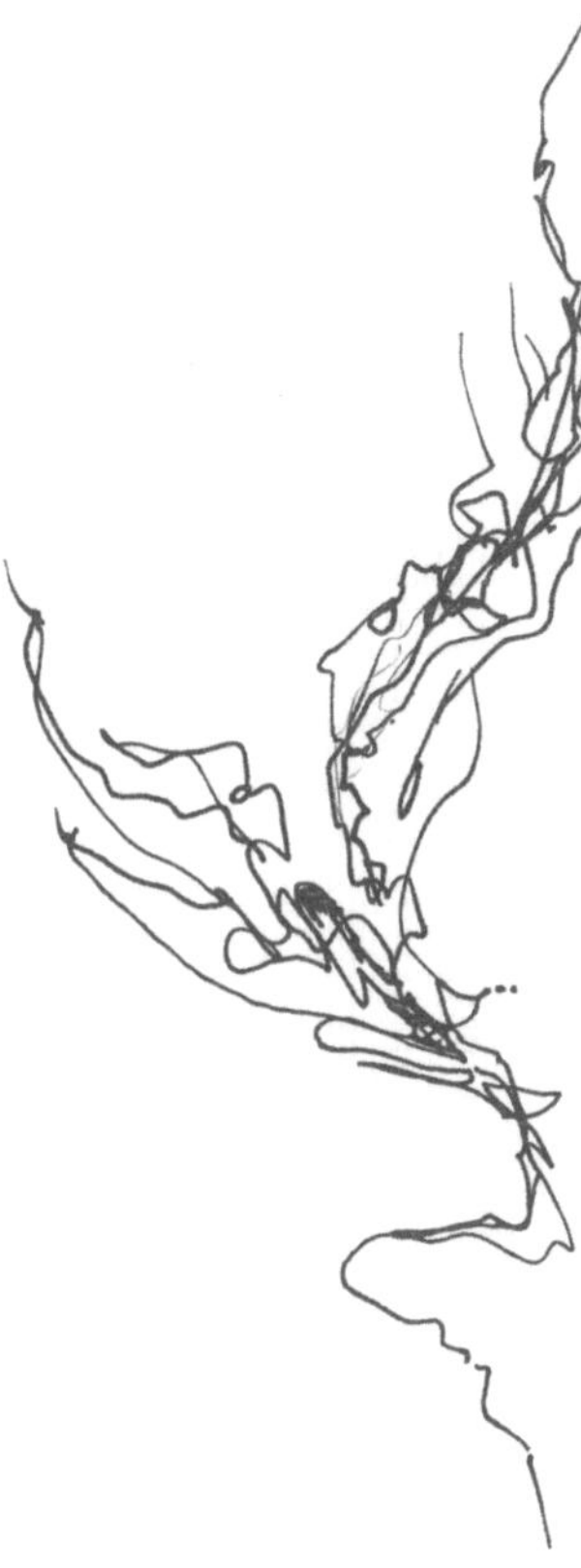

石風社

装幀・装画　毛利一枝

雨はランダムに降る　目次

Ⅰ
こけつ　まろびつ　6
カミナリグモ　10
雨はランダムに降る　12
夢の切れ端　16
合歓の花のころ　20
野分のころ　22
眺めてみては　24
秋の夜の　28
違いない　32
ラッキーストライク　36
Ⅱ
ペリカンの昔日　40
その映像はある日の　46

さなぎの森の木曜日　48
やってくるのだろうか　52
キリンの日々　54
ある雨の日に　58
八月を殺して　62
サカナのしんり　66
理由などなくて　72

Ⅲ

春・なつかしい想起点まで　78
秋・常世物ころげて　82
拾う　86
捨てる　88

あとがき　90
初出一覧　92

# I

# こけつ　まろびつ

行ったのでした　行くのでした
拾い集めてはまた捨てに行く
きのうの夢は賽の河原だったでしょうか
懐に大事に入れていた拾ったものを
捨てに行ったのでした
モノクロの夢でした

きょうは朝早く出かけます
馴染みのものを拾い集めなければなりません
鉄橋を渡らなければ馴染みのものは拾えません

まにあいましょうか
列車の汽笛がきこえてきました

極彩色の夢の途中でした
捨てるのです　いいえ拾うのです
花びらのように舞うものを
稲妻に破壊されて粉々に砕け散ったもの
一瞬のきらめきでもあるもの
拾いましょうか　捨てましょうか
あなたしだいです
いいえ　わたししだいです

いつだって真実はわからない
悲しみが重なりあって

悲しみがないまぜになって
捨てましょうか　拾いましょうか
えー　えー　重いものは棄てたかった
みないことにしたかっただけです
もう残りの夢はみません

# カミナリグモ

ツグミが鳴いている
ひと雨ごとに春が近づきと記す
春の気配もととのいと記す
うららかな春日和と記す
予報もなしに季節外れのカミナリグモ
グラスの水はすくみ
ツグミは草を蹴散らして
それから横殴りの雨と突風がやってきて
物ごとが加速する
わたしは収まりのつかない機微帳を

閉じたり開いたり
庭のサフランは芽をだして不安色が目を流れ
いきなりのカミナリグモが怒り心頭で
どうにも収まりが悪く
つかめないものつかみたくないもの
もろもろの意味のないもの抵抗するには悩ましい
このところしゅくしゅくと思う
低迷中の虚しさはカミナリグモに語らせ
わたしは諦観すればいいのではないかと
ツグミは遠くへと羽ばたく

# 雨はランダムに降る

思いがけず躓いて前のめりになって思考が止まって
パラパラと雨が落ちてきて　そう　雨だった
傘と同じ色の服を着ていたのだった
湖の底の色合いだったと記憶する
記憶はまた少し斜めに傾いて振り返るのだった
雨はランダムに降るから
すこしも落ちつけない

わかっているなら教えてください
何を取り逃がしたのかを

まじめに考えてみたいのです

玄関を出て前も後ろも見はしない
鬱積した感情がどこかへ連れていってと願ったとして
雨はランダムに降るから
正しい道がわからない
歩いても歩かなくても辿り着くことはない道で
傘はささないように
心に心をからかわれて雨の中

空は煙の木のうえにあり見えはしない
だから雨の日は嫌いだとはならない
おーい
雨はランダムに降るから好きだとは思わない

雨は流れていくその流れを渡る
間延びした初夏の一日を過ごした

やり残したことは嘆くことではなく
前向きにもどうにも後ろばかりはばかられて
雨はランダムに降る

# 夢の切れ端

サラサラに会いたかった
七夕で「毎日が元気でありますように」と短冊に書いて
笹竹にくくりつけたらサラサラゆれていた
「そんなのおかしい」と加代ちゃんは笑った
その夕方自転車屋の加代ちゃんは
自慢の自転車ごと港の岸壁から海に落ちた
大騒ぎとなったが何ごともなかったらしい
加代ちゃんは短冊に何の願いを書いてたのだろう

フワフワが恋しい

秋日和のころになるとフワフワに逢える
縁側の部屋から母の呼ぶ声
「端をしっかり持って」
布団布に綿を入れる作業だった
布ごとくるりとひっくり返して綿を包み込み
母と私とで四隅を持って引っ張るのだった
霜月　師走フワフワの布団
命長ければ睦月　如月

トキドキが嬉しかった
トキドキ祖母の家へ行くのだった
深浦の家まで曲がりくねった道をバスに揺られて
神崎教会前でシスターが下車して
長いスカートが風にひるがえった

教会の向こうに海が光って綺麗だった
いまだ祈りを知らない私がいる
トキドキ祈るのもいいのではと思ったりしながら

# 合歓の花のころ

合歓の花が咲くころ
ジーンと暑い夏がやって来るのだ
と　みち子さんは言っていた
山の端に入道雲がわき
むくむくとふくれあがる感情を抑える
憧憬とか希望とか
抑えきれないものの美しいものに心をひらく
カンバスを持って出かける
緑色のバリエーションをつくりながら
自分自身を解放していくのだ

と　みち子さんは嬉しそうに笑うのだった
今も遠くに海が光っていますよ　みち子さん
合歓の花の香に包まれて眠る
それは
みち子さんの幼いころの幸せだった

# 野分のころ

やってくるのはゾワゾワとした悲しみ
どこからやって来るのかさえさだかでない
鴨居の上あたりで絡まった感情が
いびつになって片結びになって
ただ　ただ　悲しいのだ
と　みち子さんが言っていた
この季節になれば
モノトーンの懐かしいものも見て取れるから
悲しんでばかりでいるのではないのだけれど
おもわず前を横切るものの手をとって

連れていってもらおうかしら
と　みち子さんは思うのだ
みち子さんはこの季節が好きだったはずだけど
空の色　海の色だんだん濃くなって
ため息さえ深い深い色になっていくけれど
空気は希薄になって
今夜は野分が通過するはず

# 眺めてみては

天高く澄み渡り海眩しく輝いて秋
淋しいね　秋が来たのだ
誰かが咳一つ不幸の匂いこぼした
不幸の匂いって何色だろう
穴ぼこに落ちてしまったアリスは
しあわせそれともふしあわせ
これは価値観の相違だからね
深く考えないことにしよう

ほらほらしっかり目を開けて

眺めてみては
天高く泣きたいくらい綺麗だ
勇気がないからね　ぐずるんだよ
気分はいつもちぐはぐで中途半端な曖昧さ
向日の思考なんて持ち合わせてはいない
頭の中そのものはまだ明るいのに

こちらから眺めてみては　いいえ
むこうから眺めてみては
汐の匂いや松の匂いや押し寄せてきて
溢れこぼれる光のなかに埋もれてしまった
これが不覚というものか
価値観だの思考だの不信連鎖だの
思い返して見れば

どうでもいいことになりはしないか
秋が来たのだ

# 秋の夜の

秋も深まるころでしょうか
おじさんがやって来るのでした
猟銃をかついで信玄袋をぶら下げて
クタリとした耳が見えるのでした

おじさん
わたしは昨日因幡の白兎の物語を読んだばかりなのです
大国主神に助けられたのは白兎です
いろいろと考えながら読みました
だますこと　だまされること　慈悲の心　予言

大きい世界が絡み合って
わたしは穴ぼこに落ちてしまいました

おじさんと父は楽しそうに獲物を屠る
母はわたしと連れだって野菜畑へ
ネギの収穫に涙目となる
身体が冷えて鼻水が出てくる

おじさん
わたしは雪うさぎをつくるのが上手です
南天の赤い実で目を作ります
飢餓は救えません
明日には消えてしまう雪うさぎ

秋の夜の卓上に
湯気が上がって
上等なご馳走の匂いがして
賑やかな夕餉となった
鉄鍋の底には
クタリとした耳が沈んでいるのでした

# 違いない

車窓から青と白の縞しまテントを見た
あれは昔見たサーカスのテントに違いなかった
またサーカスが来たのだ

サーカスが来た
トントントンとわたしの心をノックする
北から風が吹くころにやって来て
悲しみも一緒に連れてくる
幻といえるものかもしれない悲しみが
ブランコ乗りの少女の唇にピエロの額に

夜の帳が下りてきて月明かりに悲しみが張りついて
悲しみのかたわらに立つんじゃないよ
どこからか祖母の声がした
早く寝ないと人さらいが来るよ
売られて海を渡って連れて行かれるよ

昔サーカスが来た
裏から表へは出られませんと書いた立て札を読んだ
表から裏へお回りください
決して裏へは行かぬこと　の声もした
誰が裏へ行ったか早く思い出しなさい

昔サーカスが来た

ブランコ乗りの少女の唇は歌子さんに似ていた
綺麗な唇の歌子さんに似ていた
世相を乗せてブランコが揺れていた
ゆらゆらと人の心に揺れるものが
昭和が終わって平成になってもまだ残っている
サーカスが来たのに違いない

# ラッキーストライク

東京銀座のど真ん中にあった
蕎麦屋を見つける
昭和だった　匂いがそうだった
あまり好みではないけれど入った
東京っておかしなところ　なんて思いながら
笊蕎麦を注文したのだった
奥の席で誰かが煙草を吸っていた

叔父の死の知らせを受けたのは
東北の震災から十日後だった

新橋から山手線に乗り池袋で下車　雑司ヶ谷へ行った
通夜の真夜中に揺れがきて　しばらくして揺れ
叔父さんこんな大変な時に死ぬなんて
おまえが来てくれるとは思わなかったよ
叔父さん煙草吸ってたっけ
などと言いながら余震に揺れながら夢を見ていた

春　隅田川のお花見に浜離宮から遊覧船に乗る
どっと押し寄せてくる外国人観光客
ラッキーストライク
広島でなく長崎でなく東京で
時代遅れの喫煙者たちが
花でなく団子でなく煙草ときた
春霞ふわりふわりと浅草へ

# Ⅱ

# ペリカンの昔日

——映像作家福間良夫追悼

とめどなく泣いていた
ぬぐってもぬぐっても涙はこぼれ落ちた
夢ではなく現実だったからなおのこと
押し寄せてくるものにうちひしがれて泣いた
ペリカンが嗄れ声で鋭く鳴いて
朝焼けの空に飛び立ったのを知っている

あの日は湖のほとりで猟をしていたのです
今にも雨が降りだしそうな空模様でした

家族の数にはあと一匹の魚が必要で
おもいのほか時が過ぎて
大粒の雨が落ちてきました

たとえば森
さまようのに適した森へ旅人が入る
楡の樹は枝を広げ葉を繁らせ
瞑想の森へと旅人を誘う
深く暗い冥いところへ
そこは踏み込んではならぬところ
畏れの森へ

雨はやがて雷をともない時雨となり
急ぎ帰路につきましたが

すぐに羽は重く身体も冷えてきます
森の入り口の大きな楡の樹までは
もうすぐです
いそがなければ

たとえば風
草原をひたすら走る夜汽車の中で
ここちよい孤独感などというものに
身をまかせれば
不遜にも旅の醍醐味
それはハンガリーの大草原を走る夜汽車
身体ごと風になって疾走する
遠くに灯もなければ人の気配もない
ひたすら荒野を走る

これはあなたが語ってくれた旅*の話
東欧ハンガリーとはどんなところかと

飛びながらふと思ったのです
湖で猟をしていたのは誰でしたか
キリストの十二使徒のなかに
ガリラヤの漁夫がいましたね

想いは山ほど
溢れる想いを幾重にも重ね合わせるも
その綻びから想いは零れ落ち
戸惑うばかりの残されし者たち
きょうは森に問い
あしたは風に問い

永遠に答えのない問いを問い続けて
森に風に
見えないあなたを
ふと感じることもあり
ペリカンが飛び立ったかわたれの空が
鮮明によみがえる

＊福間良夫が、一九八九年ハンガリー・レティナ映画祭に招待参加、
その時の旅行について語ってくれた。

# その映像はある日の

何を探しに行くと言って
緑のなかに消えていったのか
あれは夏至の祭のころだったか
誰もが信じているわけではない
星を頼りに原野をかきわけ進む
そう遠くない在処までその物語の先へ
その先はいっさい何もない何も語らない
清い泉のほとりでアザミが不死を告げた
やはりここに輝かしい叙事があったのか
安堵の鼓動を隠して伝言を待つ

時は流れとして朧げに道程を指し示す
逸話はこうしてここに
木漏れ日の下で
涼やかにどこまでも愛しい日々を
映写機を回し続けるという緊迫と
繰り返す喪失感に苛まれ
愛した猫も犬も真実からは断絶され
映像は連続して信号を発しからからと虚無を流浪し
午後には運ばれてくるものがある
そしてそれは何かと問う背理する悲しみ
ふたつの想いふたつの心
死してなお生きてなお

# さなぎの森の木曜日

そうして今も身体の何処かに悲しみを育てていて
放棄する喜びを知らない
覚えているのは雰囲気だけで
さなぎの森の木曜日
そこを歩いていました
とぎれとぎれになにかを感じながら
過去を想いました
ピロスマニのロバの絵だったかもしれません
水の音に気づいたのはずっと後で
やおら顔をあげ急げと告げる人と

腕をひろげ制止を告げる人と
もうすでに遅すぎたと語る運命でしかありません
正しく知ろうとすれば帰結は当然望めません
あれからさなぎは森で育まれたでしょうか
木曜日から木曜日のあいだ
世界は見失うものばかりが蓄積されたのを
ご存知でしょうか
肩で息をして無駄をやりすごして
涙を流した人の有無を
失望の証として森のさなぎをピンで止めるのです
さやさやと涙は濡れ落ちます
賛美もなく哀悼もなく
ただただ失望のみが沈む沼の暗さ
盲目の雷魚が棲息するその沼

誰も声をあげて泣きはしません
黙々と生きている意味も問いはしません
次の木曜日にもさなぎの森を歩いているでしょう

## やってくるのだろうか

わたしはわたしでありますように
手を合わせて祈った
それから森を抜けると青空が輝いていた
青空の下では幸福で
清らかな風も嬉しくなるのだった
昨日より前は雨だったから
ギクシャクとした気持ちで階段を昇り降りした
二階の窓には映るものが何もなかった
美しい湖水もツバメの飛翔も
ほどよいものは雨に消され

たあいない不具合な心情が
頭をもたげて絡まっていた
遠くまで雨は降り続いていた
絡み合ったものを解いていく
感傷や憐憫を抜きにして解いていく
あの森が花ざかりの季節になる前に
すべては空虚ではないことを知らせるためにも
復活祭を祝うためにも
今を大切に生きている証に
存在の辛い結び目をゆるめては
昨日を想い今日を眺め明日は確実に
やってくるのだろうか
わたしはわたしでありたいと願った

# キリンの日々

ベランダからキリンが見える
あまりにもうららかな日向では心が細って
キリンの首のようだと思う
過去も現在も
しっかりとピンで止めよう
確認作業は苦痛だろうか

まったく終始のないけだるい真昼に
突風が洗濯物を飛ばした
ずいぶん飛ばされて

その落下地点でキリンと出会った
それはおもいがけない出来事なのか
予感はあった
いつか何処かですれ違ったような
なつかしい気持ちになったから
　へうへうと
へうへうとはきみのことだよ
ひょうひょうともいうのだ
ひょうひょうとして
　きみが立っている
胸に少し悲しみを抱いて
胸に少し喜びを抱いて
生きているわけでもなく
訪れ来るものを冷静に見つめて

ときどき遠くへ目を向けるのを
わたしは知っている

キリンが芯のない日常を齧っているとき
青空の下では
子どもたちの背が少し伸びて
キリンに少しちかくなる
　ごきげんようキリン
　きみも青春に近づいたね
朝とか夕とか生活が欠落したその場所で
キリンは確かな存在となる
天にぐんと引き寄せられて
わたしもキリンにぐんと近くなる

形あるもの命あるもの
いつかは滅びて無となるのなら
　サバンナで
　また逢いましょう
まどろみのまるい夢のなかでは
キリンは細い首をあげ
凛として立っていた

# ある雨の日に

目いっぱい
手いっぱい
頭いっぱい
になって反乱分子が拡散した
黄色い時間帯の不幸なほどあいまいな心情を
メランコリアというのだと教わったことがある
靴をはいて　はやくはやく
かごいっぱいのキノコ狩りに出かけなくては
天の雲は急ぎ
樹々はざわめきだした

森への一歩はシュルレアリテ
記憶をたどって森のなかのキノコ狩りの道
記憶をよびさましぐんぐん緑の中へ浸透していく
森の奥の奥へ

目いっぱい
手いっぱい
頭いっぱい
どのように解放すればよい
奏でるように祈りのように目を閉じて
手を組んで頭を垂れて
靴をはいて　はやくはやく
かごいっぱいのベリーを摘みに出かけなくては
ある雨の日に

森へ入っていく
アンデルセンの少女　グリムの少女　ペローの少女
「むかし、あるところに」入っていった
不可思議な現象と遭遇した少女たち
森という巨大な生命体の中へ入っていく
ある雨の日に

# 八月を殺して

向かうのは風の吹く方向ではなく
忘れ去られた気持ちの渇いて寂れた場所で
空色の帽子で歩いていたという遠いところから
拾い上げた石
放ってごらん
落ちてはこないから
しかしけっして心許してはいけない
風に逆らう心をおさえて
一つ二つ嘆きの石を放る

八月九日だった
まるで黄泉のくにみたいだね
奈落とか地獄とか
たいそうな想像をしてもまだ足りないくらい怖い
かんかんと暑い八月だった
夜は来ても朝はいまだあかるくない灰かぶりの朝が来て
残念ながら
その様子を伝える表現力を持っていなかったと聴いた
クリスチャンならインフェルノと語るのだろうかとも

八月を殺して
わたしは在る
何も難しいことはない
言葉を斜めにずらして思考していくだけ

殺意をしずめて向き合うしかない
やさしさは命取りになるからやさしさは棄てる
かたくなで愚か者と笑われようとも
そうして今年も
八月を殺す

# サカナのしんり

ある日を機に
サカナが我が家に押し寄せて来た
冷蔵庫の中は満杯になった
ドアを開けるたびにサカナが笑っている
かつてこんなにも縁があったっけ
などと思いながらサカナと笑う
夜寝ていると潮の匂いがしてくる
海辺の家で波の音が聞こえてくる
そのうち身体が浮き上がり揺れてくる

過去に魚のことなど考えたことがない
日常での魚の存在とは
食卓を潤すものか
人の肉や骨を作ってくれるもの
魚は鯛
鯛の刺身の他は好きでない

誘ったわけでもなく
誘われたわけでもないのに
サカナと暮らし始めた
ただ思うにサカナは湿っぽくない
人づき合いも悪くない
時々懐かしそうな眼をするから
誰かを思い出すが誰だかわからない

幼い頃に父と魚釣りに行った
四匹釣ったら帰ろうと言った
四人家族だから四匹でいいとわたしは言った
故郷のまわりは海ばかりだった
母の里はもっと海のそばだった
祖母が言うところのぶえん*は美味だった

うちの大漁のサカナも減ってきた
サカナの仲間意識も薄くなって
ひとりごとを言っている
ぶつぶつとお経のような呪文のような
まるくはないが刺がない
まだまだ昵懇の間柄とはなりえないが

親しみは持てるようだ

魚類はカンブリア紀後期の地層から
化石として発見された
デボン紀のころ海にすんだらしい
わたしは夢で
繰り返し高波に浚われることがある
わたしの前世が
魚だったということなのか
そんなことをこの頃ふと思った

ちかごろは
サカナののうのうが
わたしにもうつってか

なんだかのうのうと
明け暮れしているわたしがいる

＊無塩と書き、新鮮な魚のこと

# 理由などなくて

言葉をポキポキ折り曲げて置く
屈折させて歪みをつけて投げる
振り上げた長刀をスパッと振り落とす
ギラリと光ることもなくたたき落ちた言語
少し色香をそえて誰でもない誰かに
少し期待を胸に抱いて
こうあるべきと口をそろえて言う人に向けて
そうではなくてと言うひとに背を向けて
たたみかけるように書き綴り書き捨てる

ある日食べた
理由などなくて
林檎を食べた
意味がついてきそうに食べた
ミトコンドリア・イヴと一緒に食べた
Y染色体アダムと食べた
アップル社の店舗でも齧ってみた
そのような行為を言葉にして楽しんだ

言葉は届くのだった
すとんと届いたと言った人がいて
それが日常のなんでもない午後だったと
そよそよのフラグメントの
ひらひらのフラグメントの

フラグメントのキラキラの
説明のつかないままに届いたのだ
すとんという表記で
この届き方は言葉にとって至福といえたのか
言葉は事実ではないのだとしても
だからこそとも言いえる

Ⅲ

# 春・なつかしい想起点まで

東の尾根では雨が
伝来のパライゾとは無縁の地で
しきりに雨が降り濡れそぼり丸まって
タンポポの花を咲かせた雨が
目に目にあふれて春
ありふれた存在と新たな非在の境界線上で
愚かにもツバメが宙返りをする
何からか迅速に解き放たれよと

東の尾根が芽吹く

よるべない身のアンバランス
ここが分岐点と相槌を打って逃亡の決意
思考を束ねて片結びにして思念は捨てよ
かるがると逃れよ　よからぬものから
雨脚強く掻き消されていく天空のかたち
夢の力は叶うだろうか

東の尾根は緑に煙りたち
ツバメは何所から何所へと飛翔し
なぜ普遍の曲線を描くのか
慎重に希望を捕獲せよ明日は
鳩尾に抱くやわらかい感受性を見よ
さくさくと刈り取る草木の
無心の捧げ物の音を聴こう

あれが春一番だったと答えよう

東の尾根から雨が
何時とはなしに雨が降り降り
雨は嘯き無双になびき
錯綜する甘美の矢面に立ちても
決して媚びなく屈することなく
決意も新たに掻き抱き
さあ落掌せよ　宝をすみやかにかるがると
篠突く雨降り陰暦春

東の尾根が明るみとびゆく雲
さらに夢見ながら挫折するさまを
銀の糸さらに悲しく絡み合い

嫌悪と呪詛の未来形
おぞましい狂気と眠気の兆候は
左耳の耳鳴りでは治まらない
短絡的に春が来てやがては
尾根を越える刻が迫っている

東の尾根は姿図となり
網膜に焼き付けて白昼の夢とでも
かつて愛した　今も想う
やがては苦悩の闇が訪れるだろうとも
さいわいであれば
一筋の希望を手の平に乗せ
心静かにゆっくりと忘却の途につこう
春の噂を枕にして

# 秋・常世物ころげて

なにかが確かに終わりを告げていた
去るもの去ったもの
追いかけては追われたもの
すでに東の尾根を越えた現在
西の住人となった現在それは実在するのか
確信するものはなんにもない
ただここに在るのだ

さきは解らないけどさきへ進もうとおもう
進むしかないじゃないかと笑ってみせる

一寸先は闇なんて
よからぬことばかり考えて
夏の終わりに見る夢は
悲しい言葉がポロポロこぼれて
虫の息に眠るもたそがれるも
かいなでとらえればうばたまの闇
感覚がうすらさむい

ツバメは常世物輝く国へ帰っただろうか
石段を登り一段ごとに理由をつくり一段一段
心の襞を蒼く染めゆく理由をつくり
もう数えまい
天空のあのあたりで懐かしい動き
古きも新しきも恐れることはない

天へと一段空へと一段
天でも空でも拠り所であるならまた一段
さきへすすもう

ころがりゆくもの拾い
どこか信じられるまろいものを手に
眺めのいい場所に立ち
ツバメをおもい常世物輝く国をおもう
こころ解けてここに在る

# 拾う

あかねさす　たかひかる
たまかぎる日を拾う

古きものうつせみの世の
新しきものあらたまの来経《きふ》
懐かしきもの涙するもの
愛でるもの拾いあつめて
何の価値あるものかと問われても
さもないものと答えるばかり

かぜのとの遠き浅き夢拾う
くさまくら旅の夢ひとつふたつ拾う

かぎろひの春に芽を出して
たたなづく青垣となる
うちなびく草香の山を眺め渡す

ひさかたの天　雨　月　雲　光を拾う
たくなはの千尋を拾う命を拾う

# 捨てる

そらにみつ　ひのもとの
あきつしまの大和を捨てる

うら庭に捨てる
うら山に捨てに行く
うら日本にでも　地球のうら側にでも
どこにでも捨てに行くのだ
何を捨てにと問われても
答えのないものを捨てるために

たらちねの母を捨て
あまざかる鄙を捨て

うつせみの世を生きる
うたかたの憂きを生きる
たまきはる命の限りを生きる

たまのをの長き短き絶え乱れ
しきしまの大和を捨てる

# あとがき

おかっぱあたまの少女のころ、祖母は「また絵空事ばかり言って」と、笑った。私は作り話が好きだったらしい。笑いで済むことで良かったと、いまでは思う。詩もある意味では絵空事と言えるかもしれない。言葉として詩にすると、はたして本当のことを書き得たと言えるのだろうか。では、詩とは本当のことを書く必要があるのだろうか。そうかといって嘘や偽りばかりを書き並べることもできはしない。思い入れや、きれいごとを書く意味もない。そんなことを考えながら、今まで詩を書いてきたような気がする。

一篇の詩が活字となり、一冊の自分の詩集となったものを手にとる時、新鮮な驚きがあることを祈っている。

同人詩誌「きょうは詩人」「孔雀船」「水盤」「something」に発表した詩を収録しました。書きなおした詩もあります。各詩誌の編集の方のご厚意と労に心から感謝いたします。

また、この詩集のために心強い励ましと、お力添えをいただきました詩友の樋口伸子さん、装幀家の毛利一枝さん、石風社の福元滿治さんへ感謝とお礼を申し上げます。

この詩集を手にしてくださる方にも感謝致します。

福間明子

二〇一七年　盛夏

# 初出一覧

Ⅰ

こけつ　まろびつ「きょうは詩人」30号　二〇一五年　四月
カミナリグモ「きょうは詩人」24号　二〇一三年　四月
雨はランダムに降る「きょうは詩人」36号　二〇一七年　五月
夢の切れ端「きょうは詩人」26号　二〇一三年十二月
合歓の花のころ「きょうは詩人」32号　二〇一五年十二月
野分のころ「きょうは詩人」32号　二〇一五年十二月
眺めてみては「きょうは詩人」35号　二〇一七年　一月
秋の夜の「孔雀船」86号　二〇一五年　七月
違いない「きょうは詩人」27号　二〇一四年　四月
ラッキーストライク「水盤」17号　二〇一六年十二月

Ⅱ

ペリカンの昔日「孔雀船」71号　二〇〇八年　一月
その映像はある日の「孔雀船」74号　二〇〇九年　七月

さなぎの森の木曜日「孔雀船」74号　二〇〇九年　七月

やってくるのだろうか「孔雀船」75号　二〇一〇年　一月

キリンの日々「孔雀船」70号　二〇〇七年　七月

ある雨の日に「きょうは詩人」33号　二〇一六年　四月

八月を殺して「孔雀船」90号　二〇一七年　七月

サカナのしんり「水盤」4号　二〇〇八年　八月

理由などなくて「水盤」13号　二〇一四年　五月

Ⅲ

春・なつかしい想起点まで「孔雀船」80号　二〇一二年　七月

秋・常世物ころげて「something」16号　二〇一二年十二月

拾う「something」16号　二〇一二年十二月

捨てる「something」16号　二〇一二年十二月

福間明子（ふくま　めいこ）

1948年　長崎県生まれ
詩集　『原色都市圏』（1986年・石風社）福岡県詩人賞　福岡市文学賞
　　　『東京の気分』（2003年・夢人館）
詩誌　『きょうは詩人』『孔雀船』『水盤』
所属　日本現代詩人会　福岡県詩人会

現住所　811-0205
　　　　福岡市東区奈多団地 17-205

雨はランダムに降る

二〇一七年十月十日初版第一刷発行

著　者　福　間　明　子
発行者　福　元　満　治
発行所　石　風　社
福岡市中央区渡辺通二—三—二十四
電　話　〇九二（七一四）四八三八
ＦＡＸ　〇九二（七二五）三四四〇
印刷製本　シナノパブリッシングプレス